MW00980668

"Parents on
her 9th
Birthday
2001

Ilustraciones: Juan López Ramón

© 1993 SUSAETA EDICIONES, S.A.
Campezo, s/n - 28022 Madrid (España)

I.S.B.N. 84-305-7488-3
Impreso en España

CHISTES DE LEPE

Exageraciones de Lepe
Acertijos
Cómo se dice
y Queledijos
Diferencias y Parecidos
Telones y Colmos

susaeta

PRESENTACIÓN

Lepe es un precioso pueblo costero, limpio y luminoso, que existe por lo menos desde el tiempo de los fenicios. Lepe —mar y pinares, fruta y algodón, primavera y alegría— es un paraíso.

Pero Lepe es también, no se sabe por qué ni desde cuándo, famoso y popular por los chistes que corren de boca en boca por toda España, igual que en Francia se cuentan los de los belgas. Aunque —como en toda vulgarización humorística— el resultado de la broma sea una realidad deformada y casi de esperpento. Por supuesto, los de Lepe no son como los pintan. Salen muy mal parados.

Por eso queremos dedicar este libro, como un cariñoso homenaje, a Lepe, cuna de la tolerancia, y a las personas —no solo leperos— que nos han ayudado a reunir esta recopilación de chistes.

Recopilación que les presentamos acompañada de otras manifestaciones del Humor, igualmente tomadas del ingenio anónimo del pueblo: Queledijos, Acertijos, Parecidos y Diferencias, Colmos y Telones, etc, tan del gusto de los niños, que saben más que Lepe.

Chistes de Lepe

—¿Sabes por qué en Lepe no hay peluquerías?

—Porque los de Lepe ya están hartos de que les tomen el pelo.

—¿Sabes por qué las mujeres de Lepe se abanican con un serrucho?

—Porque les gusta sentir en su rostro el aire de la sierra.

9

—¿Sabes por qué los de Lepe no les dan agua a sus vacas?

—Para que las vacas den leche en polvo.

¡PLAF!

—¿Por qué los de Lepe no pueden hacer viajes largos en avión?

—Porque después de ver la película quieren salir de las sala para fumarse un cigarrillo.

—¿Sabes por qué los de Lepe no usan mocasines?

—Porque no saben dónde ponerles los cordones.

Uno de Lepe pregunta a otro:

—¿Tú crees que la leche engorda?

—Hombre, ¿no has visto cómo están las vacas?

Llega James Bond a Lepe y dice:

—Yo soy Bond, James Bond.

Y uno de Lepe contesta:

—Y yo soy Brosio, el Ambrosio.

—¿Sabes por qué descubre
la policía que han sido unos
leperos los que han robado
en el banco?

—Porque son los únicos que
hacen un boquete para en-
trar y otro para salir.

—¿Por qué los de Lepe no se meten a boxeadores?

—Por no dar golpe.

—¿Por qué los de Lepe ponen avispas en la comida?

—Para que esté más picante.

—¿Sabes por qué los de Lepe se creen astronautas?

—Porque están en la luna.

—¿Sabes por qué los de Lepe se tiran al pozo del pueblo?

—Porque les han dicho que en el fondo no son tan tontos.

El nuevo alcalde de Lepe llamó a su secretario y le dijo:

—Mande una nota a todo el personal diciendo que hay una reunión extraordinaria el próximo jueves.

—¿Cómo se escribe jueves, con «b» o con «v»?

—Mejor la dejamos para el Vier... no, no, que sea para el lunes.

Un amigo se encuentra con otro y le dice:

—¿Sabes por qué los de Lepe pierden siempre al fútbol?

—Porque cambiaron el guardameta por un portero automático.

17

—¿Por qué los leperos siembran patatas al lado de la plaza de toros?

—Para que les salgan bravas.

—¿Por qué los leperos po-
nen cebollas a los lados de
la carretera?

—Porque son buenas para la
circulación.

—¿Por qué los ricos de Lepe hacen sus fiestas en la cumbre del monte?

—Para que todos sepan que sus celebraciones las hacen por todo lo alto.

La madre pregunta al leperito:

—¿Qué quieres ser de mayor?

—Quiero ser imbécil.

—Pero qué dices hijito, con lo listo y lo guapo que tú eres…

—Pues sí, quiero ser imbécil.

—¿Y por qué?

—Porque siempre oigo a mi padre decir: «Mira el cochazo que se ha comprado el «imbécil» del señorito, mira «el chalé» que tiene el «imbécil» del alcalde, mira nuestra vecina «la guapa» qué novio tan «imbécil» se ha echao…»

—¿Sabes por qué los leperos no practican el esquí alpino?

—Porque no saben subirse al pino con los esquís puestos.

—¿Por qué los de Lepe no pagan sus deudas?

—Porque quieren que la gente sepa que son hombres de letras.

—¿Por qué los leperos plantan olivos a la orilla del mar?

—Para que las aceitunas tengan sabor a anchoa.

—¿Sabes por qué los de Lepe estudian en las carpinterías?

—Para ver si así aprenden las tablas.

—Papá, papá, se me han caído los burros al pozo.

—Pues échales paja.

—¿Y para qué les voy a echar paja?

—Hombre, agua seguro que no les falta.

23

—¿Por qué en Lepe no tienen palmeras?

—Porque no les gusta comerse el coco.

—¿Sabes por qué se descubre que han sido unos leperos los que han asaltado el banco?

—Porque son los únicos que llaman a la policía cuando empieza a sonar la alarma.

¡EH, POLICÍA, QUÉ ESTÁ SONANDO LA ALARMA!

24

—¿Por qué los de Lepe construyen edificios pacíficos?

—Porque no utilizan cemento armado.

El monitor de la piscina municipal de Lepe llamó la atención a un bañista:

—¡Eulogio, te prohíbo terminantemente que vuelvas a orinarte en la piscina!

—¡Pero si todos lo hacen! —respondió el Eulogio.

—Ya, pero no desde el trampolín.

—¿Sabes por qué los de Lepe cuando van a la Mili se llevan un tiro al blanco?

—Porque les han dicho que hay que levantarse con la diana.

—¿Por qué los de Lepe ponen hielo encima de la televisión?

—Para congelar la imagen.

—¿Sabes por qué los de Lepe se llevan el telescopio al cine?

—Para ver mejor a las estrellas.

—¿Sabes por qué se ahogaron unos de Lepe que iban en barco?

—Porque se estropeó y se bajaron a empujarlo.

—¿Sabes por qué los de Lepe caminan sobre las manos en el parque?

—Porque está prohibido pisar el césped.

—¿Por qué los de Lepe no quieren entrar en el Mercado Común Europeo?

—Porque a sus mujeres les queda lejos para hacer la compra.

—Dos leperos se meten en la finca del Ambrosio que ya los está esperando con la estaca preparada.

·El primer ladrón asoma la cara por debajo del gallinero y recibe un gran estacazo en toda la boca.

—¿Qué te ha pasado? —pregunta el segundo.

—Nada, nada —le contesta su compañero tapándose la boca— es que me da risa ver lo que están haciendo las gallinas, asómate, asómate.

—¿Sabes por qué los de Lepe se ponen la corbata con cualquier ropa?

—Para sujetarse la cabeza.

El profesor pregunta a un leperito:

—¿Dónde murió Isabel la Católica?

(Le soplan por detrás: en Medina del Campo, en el Castillo de la Mota).

Y el leperito responde: ¡en medio del campo, bailando la jota!

—¿Por qué cuando nieva los de Lepe meten sus coches en la cárcel?

—Para que les pongan las cadenas.

—¡Camarero, hay una mosca en la sopa!

—No se preocupe, aquí en Lepe no las cobramos.

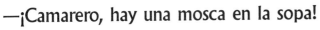

—¿Sabes por qué las mujeres de Lepe no usan zapatos de tacón?

—Porque tienen miedo a dar un mal paso.

—¿Sabes por qué los de Lepe llevan un tigre en el coche?

—Porque es más fuerte que el gato para levantar el coche, si pinchan.

—¿Sabes por qué los de Lepe no se duchan con el reloj?

—Porque por más que aprietan los botones del reloj no sale nada de agua.

—¿Por qué los de Lepe toman su cuarto café en vaso?

—Porque el doctor les ha dicho que tomar más de tres tazas es peligroso.

—¿Sabes por qué los de Lepe no comen paella?

—Porque no les gusta tener granos en la boca.

—¿Sabes por qué las mujeres de Lepe beben agua del mar?

—Para ser más resaladas.

—¿Sabes por qué en la piscina de Lepe nadie practica el estilo espalda?

—Porque los que hacen pipí desde las orillas los ahogan.

El conductor de un autobús dice:

—Les voy a contar un chiste de Lepe.

Y un pasajero protesta:

—Oiga, que yo soy de Lepe.

Y el conductor dice:

—Bueno, no se preocupe, entonces se lo contaré dos veces.

—¿Por qué los de Lepe tienen botellas vacías de los mejores licores en la despensa?

—Para tener algo que ofrecer a las visitas que no quieren nada.

Un lepero entra en un gran almacén de Sevilla mirando los televisores y un vendedor le pregunta:

—¿Qué desea?

—Mi madre quiere que le compre una televisión de color.

—¿Y cuál le gusta?

—Pues no sé, es que se me ha olvidado de qué color la quiere.

Un lepero que hacía la mili en Madrid, llevaba tres horas sentado con un bolígrafo en la mano y un folio en blanco.

—¿Qué haces ahí tanto tiempo? —le preguntó un compañero.

—Ya lo ves, escribiendo a mi novia.

—¡Pero si todavía no has escrito nada!

—Es igual, no sabe leer...

—¿Sabes cuántos leperos se necesitan para poner una bombilla?

—No lo sé, ¿cuántos?

—Cuatro: uno que suba a la silla, dos que lo carguen y le den vueltas, y uno que les diga en qué dirección tienen que girar.

Un lepero fue contratado para pintar las líneas blancas de la carretera Lepe-Huelva. El primer tramo lo hizo en unos minutos, el segundo en unas horas y el tercero le costó dos días.

Llegó el capataz y le preguntó:

—¿Qué te pasa, chiquillo? Empezaste bien, pero ahora ¿por qué tan lento?

—¡Hombre! Es que el bote de pintura cada vez queda más lejos.

—¿Sabes por qué las mujeres de Lepe les ponen ruedas a sus cocinas?

—Para hacer cocina rápida.

40

—¿Sabes por qué los de Lepe no pueden ver a los malagueños?

—Porque Málaga está demasiado lejos de Lepe como para poderlo ver a simple vista.

—Un lepero se encuentra con su vecina y le dice:

—¡Hola Antonia! ¿cómo está tu niño?

—Como un sol, hace dos meses que camina mi angelito.

—¡Pues ya debe ir lejos...!

Se encuentran dos leperos:

—¿Qué te ha pasado que llevas esa venda?... No se te nota mucho la cojera.

—Es que me di un golpe en la cabeza.

—¿Y llevas la venda en la rodilla?

—Es que me la dejaron un poco floja...

Un lepero llega muy nervioso a la consulta del dentista, y éste le dice:
—Tómese un vinito, quiero verle valiente.
Y empezó a beber hasta que dejó de temblar.
—¿Qué? ¿Ya ha cobrado valor? —le preguntó el dentista.
—Sí —contestó el lepero sacando una navaja—, ahora quisiera ver yo quién es el valiente que toca mis dientes.

—Un lepero se dispone a hacer su primer viaje en tren.

—¡Rápido!, ¡deme un billete!

—Pero ¿para dónde va?

—¿Y a usted que le importa? Déme el billete que ya me apaño yo.

Un lepero:

—Quisiera enrolarme para el Congo.

—Imposible, muchacho; te faltan diez dientes.

—¿Es qué allí hay que comerse al enemigo?

—¿Sabes por qué los leperos se ponen al final en el cine?

—Porque el que ríe el último ríe mejor.

—¿Por qué los leperos no toman la leche fría?

—Porque no pueden meter la vaca en la nevera.

Exageraciones de Lepe

Era una lepera tan alta, tan alta que pasó una gitana por su lado, se le quedó mirando y exclamó: ¡Osú, mi arma! Mañana te terminaré de ver.

Había una lepera tan delgada tan delgada, que cuando barría parecía que la escoba bailaba sola.

Había una lepera tan alta, tan alta que se le cayó su niño de los brazos y cuando lo recogió ya había hecho la mili.

Había una lepera tan flaca tan flaca, que no se mojaba con la lluvia.

La bruja de Lepe era tan tonta, pero tan requetetonta, que no se dedicaba a las ciencias ocultas porque no las encontraba.

Era un lepero tan limpio, pero tan, tan limpio, que se liaba los cigarrillos en papel higiénico.

Había un lepero tan cobarde tan cobarde que por no pegar, no pegaba ni sellos.

Era un lepero tan pequeño tan pequeño que no le cabía la menor duda.

Había un bruja en Lepe
tan moderna que en vez de
volar en escoba, volaba en
aspiradora.

Acertijos

—Blanco por fuera y amarillo por dentro ¿qué es?

—Un chino envuelto en una sábana.

—¿Por qué el perro levanta la pata al mear?

—Porque al primer perro se le cayó la farola encima.

¿Qué es un llavero?

—Es un utensilio sumamente práctico que permite perder de una sola vez todas las llaves que de otro modo tendríamos que ir perdiendo de una en una.

—Si estás encerrado en una plaza con cinco calles, pero en cada una hay cinco tigres muertos de hambre, ¿cómo saldrías?

—Por cualquier calle, porque los tigres están muertos.

—Un tren parte de Guadalajara a Madrid. En Guadalajara se suben quince pasajeros, en Alcalá de Henares se bajan tres y suben seis y en Atocha se bajan todos. ¿Cómo se llaman los jefes de estación?

—Por teléfono.

—¿Cuántas moscas volando son tres medias moscas más mosca y media?

—Una sola mosca, porque las medias moscas no vuelan.

—¿Por qué las avestruces no tienen pelos en las patas?

—Porque corren que se las pelan.

—¿Cuál es el mejor remedio para el dolor de corazón?

—Vendarse los ojos, porque ojos que no ven, corazón que no siente.

—¿Cuál es la copa en la que no se puede beber?

—La copa de un árbol.

KiKiRiKiii…

—Un gallo pone un huevo en la cima de un monte. ¿Hacia qué lado cae el huevo?

—Hacia ninguno porque los gallos no ponen huevos.

—¿Por qué los perros entierran los huesos?

—Porque no tienen bolsillos.

—¿Qué hace la gallina antes de tirarse del palo?

—Subir.

—¿Cuál es el animal más ladrón del mundo?
—El perro, porque siempre está ladrando.

—¿Qué es aquella cosa sin ventana ni puerta?

—El huevo.

—¿Que hay en el centro de París?

—La letra r.

—¿Qué cosa es aquella que sube todas las cuestas y lleva su casa encima?

—El caracol.

—¿Quién es el que muere por la boca?

—El pez.

El coronel:
—Mi general, hemos perdido la batalla.
El general:
—¡Pues búsquenla!

—¿Cuál es una de las palabras en la que aparecen las cinco vocales y no se repite ninguna de ellas?

—Murciélago.

—Dos vacas están pastando, una es más grande que la otra. ¿Cuál será el macho?

—Ninguna, porque las dos son vacas.

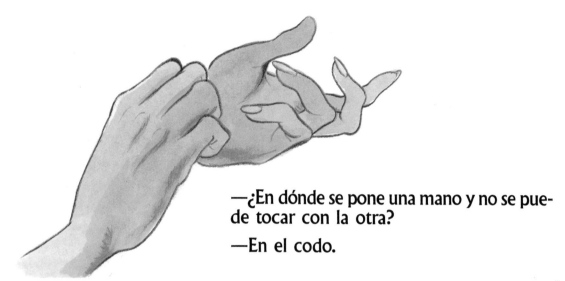

—¿En dónde se pone una mano y no se puede tocar con la otra?

—En el codo.

—En una corrida, el toro da una cornada al caballo del picador. ¿Quién puede decir que tiene el cuerno dentro, el caballo o el toro?

—Ninguno, porque ninguno de los dos habla.

—¿Qué es lo que se compra
para comer y no se come?

—La cuchara.

—Un tren eléctrico va de
Vitoria a Madrid, ¿en qué
dirección irá el humo?

—Los trenes eléctricos no
echan humo.

—Si usted llega a un bar y se sienta en una mesa, ¿qué es lo primero que le dice el camarero?

—Que las mesas no son para sentarse.

—¿Qué es la televisión?

—La mejor excusa para no hacer los deberes.

—¿Qué es la boca?

—La casa de las palabras.

—¿Dónde lleva el melocotón la «h»?

—En el «hueso».

—Acaba de nacer un negrito. ¿De qué color tiene los dientes?

—De ninguno, porque aún no los tiene.

—¿Cómo hay que atrapar a
un pollo para matarlo?

—Vivo.

—¿Qué hacen seis golondrinas en un cable telefónico?

—Media docena.

—¿Cuántos dientes tiene un caballo atado?

—Los mismos que suelto.

Sucedió una vez, hace ya muchos años, que un rey se enfadó de tal manera con su mejor ministro que le condenó a muerte. Solamente podría salvar su vida si su hija mayor, considerada como la más sabia del reino, venía a la corte «ni de noche ni de día, ni vestida ni desnuda, ni a pie ni a caballo».

Pronto la ingeniosa joven se presentó en palacio: a la hora del crepúsculo, envuelta en una túnica de fino lino y sentada sobre la espalda de un fornido criado.

El rey, sorprendido, perdonó a su ministro.

—¿Qué son las persianas?

—Aparatos que se colocan en las ventanas para impedir que las moscas salgan de casa.

—¿De qué hay que llenar un cántaro para que pese menos?

—De agujeros.

Cómo se dice
y Queledijos

—¿Cómo se dice *apagón* en chino?
—Chin lú.

—¿Cómo se dice *lluvia* en árabe?
—Alomehó no mohamo.

—¿Cómo se dice *comer pipas* en chino?

—Matiko la Kákala.

—¿Cómo se dice *aparcar* en árabe?

—Ata la jaca a la estaca.

—¿Cómo se dice *perro con farol* en chino?

—Kan con Kinké.

—¿Cómo se llama el ministro japonés de Hacienda?

—Mikedo kontodo.

—¿Cómo se dice
el hombre
más alto de China?

—Chin fin.

—¿Cómo se llama el hombre más guarro de China?

—Sin cham pu.

—¿Cómo se llaman los tres hombres más pobres de China?

—Chin lu, Chin agua, Chin ga.

—¿Cómo se llama el ministro japonés de Marina?

—Popoco Mahogo.

—¿Y el ministro chino de sa-
nidad?

—Yokito tu kaka.

—¿Y el ministro chino de ali-
mentación?

—Nikomo Nibebo.

QUELEDIJOS

—¿Qué le dijo un calvo a otro?

—¡Cuánto tiempo sin vernos el pelo!

—¿Qué le dijo un gato a una gata?

—Si te has «miau» no te quiero.

—¿Qué le dijo un pollo a un cuchillo?

—No te acerques, que se me pone la carne de gallina.

—¿Qué le dijo el espejo a la abuelita?

—¡No te quiero engañar!

—¿Qué le dijo el trigo al molino?

—Me haces polvo.

—¿Qué le dijo una colilla a otra?

—Sepárate, que nos lían.

—¿Qué le dijo el cigarro al mechero?

—¡Tira la piedra, cobarde!

—¿Qué le dijo la cerilla al raspador?

—Por ti pierdo la cabeza.

—¿Qué le dijo el sol a la luna?

—Te pasas la vida trasnochando.

—¿Qué le dijo un perro a otro?

—¡Qué vida más perra llevamos!

—¿Qué le dijo la carta al sello?

—Sin ti no voy a ninguna parte.

—¿Qué le dijo la luna al sol?

—Tan grandote y no te dejan salir de noche.

—¿Qué le dijo la leche al café?

—Me estás poniendo negra.

—¿Qué le dijo la bombilla al electricista?

—Te gusta hacerme la rosca.

—¿Qué le dijo el sello al que va a echar la carta?

—Pégame, pero no me saques la lengua.

Diferencias y Parecidos

DIFERENCIAS

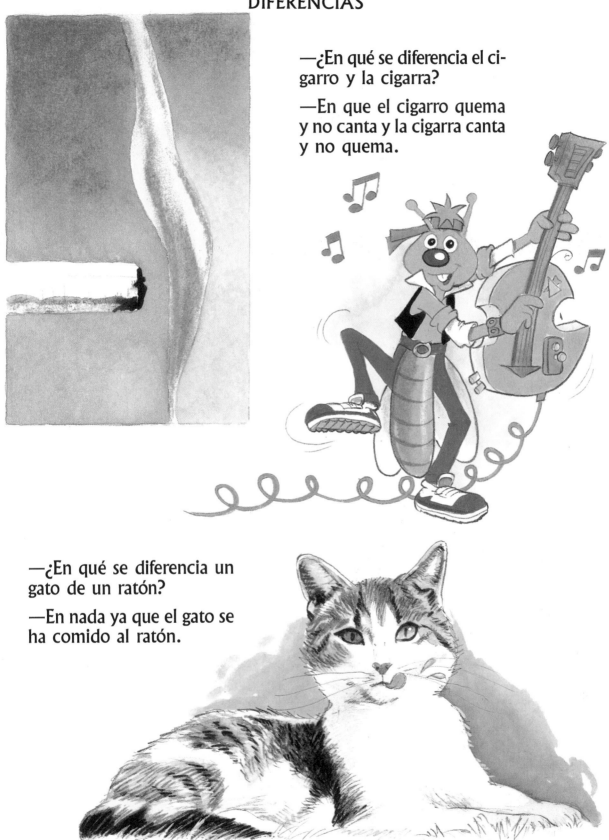

—¿En qué se diferencia el cigarro y la cigarra?

—En que el cigarro quema y no canta y la cigarra canta y no quema.

—¿En qué se diferencia un gato de un ratón?

—En nada ya que el gato se ha comido al ratón.

—¿En qué se diferencian un borracho y un árbol?

—En que el borracho comienza en la copa y termina en el suelo y el árbol comienza en el suelo y termina en la copa.

—¿En qué se diferencia un estudiante de un río?

—En que el estudiante deja el lecho para ir al cole y el río sigue su curso sin dejar el lecho.

RETRUÉCANOS

—No es lo mismo dos viejas bicicletas que dos viejas en bicicleta.

—No es lo mismo una pecera que dar cera a un pez.

—No es lo mismo una loco-
motora que una motora
conducida por un loco.

VROOOMMM

—No es lo mismo la casa
árabe que tener un árabe en
casa.

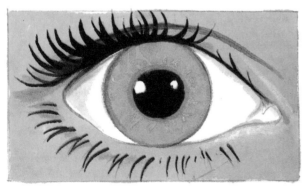

—No es lo mismo una chi-
na en un ojo que un ojo en
la China.

—No es lo mismo una bandeja china que una china en bandeja.

—No es lo mismo vivir como piensas que pensar cómo vives.

—No es lo mismo tener un cristal en un ojo que tener un ojo de cristal.

BOING

—No es lo mismo un viejo con pantalones que unos pantalones viejos.

—No es lo mismo ser cabo en la mili que «se acabó la mili».

—No es lo mismo una mona muy chica que una chica muy mona.

—¿En qué se parece el fuego a la sed?

—En que se apagan con el agua.

—¿En qué se parece un vier-
nes a un lunes?

—En que los dos tienen 24
horas.

ROOAARRRR

—¿En qué se parece un
avión a una vaca?

—En que el avión se sostie-
ne y la vaca senos tiene.

—¿En qué se parece una oveja a un ejército?

—En que la oveja bala y el ejército, bala por aquí, bala por allá.

—¿En qué se parece una hormiga a un elefante?

—En que el elefante no puede subir a un árbol ni la hormiga tampoco cuando está muerta.

—¿En qué se parece un panadero a una escopeta?

—En que el panadero hace pan y la escopeta ¡pun!

PAN!
PUN!

—¿En qué se parece un camello a un mosquito?

—En que el camello tiene joroba y el mosquito joroba cuando pica.

—¿En qué se parece una vaca a un aficionado taurino?

—En que a los dos les gustan los toros.

—¿En qué se parece un perro a un carpintero?

—En que los dos mueven la cola.

—¿En qué se parece un árbol a un libro?

—En que los dos tienen hojas.

PARECIDOS

—¿En qué se parece un jo-
yero a Saturno?

—En que tienen anillos.

—¿En qué se parecen los mosqueteros a los huevos?

—En que se baten.

—¿En qué se parecen
un detective y un circo?

—En que los dos tienen pistas.

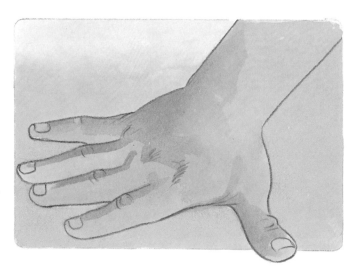

—¿En qué se parecen los de-
dos a los huevos?

—En que todos tienen ye-
mas.

Telones y Colmos

VROOMM

Se sube el telón y aparece una señora muy gorda. Se baja el telón. Se sube el telón y aparece la señora con una ametralladora. Se baja el telón. ¿Cómo se llama la película?

«Se armó la gorda».

Se sube el telón y aparecen dos mujeres flacas y una gorda. Se baja el telón, se vuelve a subir, y aparece sólo la gorda. ¿Cómo se llama la película?

«Lo que el viento se llevó».

Se sube el telón y aparecen muchos viejos en una solana y uno buscando un sitio. Se baja el telón. ¿Cómo se llama la película?

«Un lugar bajo el sol».

Se sube el telón aparecen muchos l drones de todos l países. Se baja el teló se vuelve a subir y ll ga otro ladrón más. baja el telón. ¿Cón se llama la película?

«La familia y ur más».

110

Se sube el telón y aparece una mujer de doscientos kilos subiendo por un hilo. Se baja el telón. ¿Cómo se llama la película?

«Más dura será la caída».

Se sube el telón y aparecen varios profesores reunidos en junta de evaluación. Se baja el telón. ¿Cómo se llama la película?

«Doce hombres sin piedad».

Se sube el telón y aparece un chino buceando en una piscina. Se baja el telón. ¿Cómo se llama la película?

«El submarino amarillo».

Se sube el telón y aparece un grupo de gente que parece haberse bañado en el barro. Se baja el telón. ¿Cómo se llama la película?

«Los intocables».

COLMOS

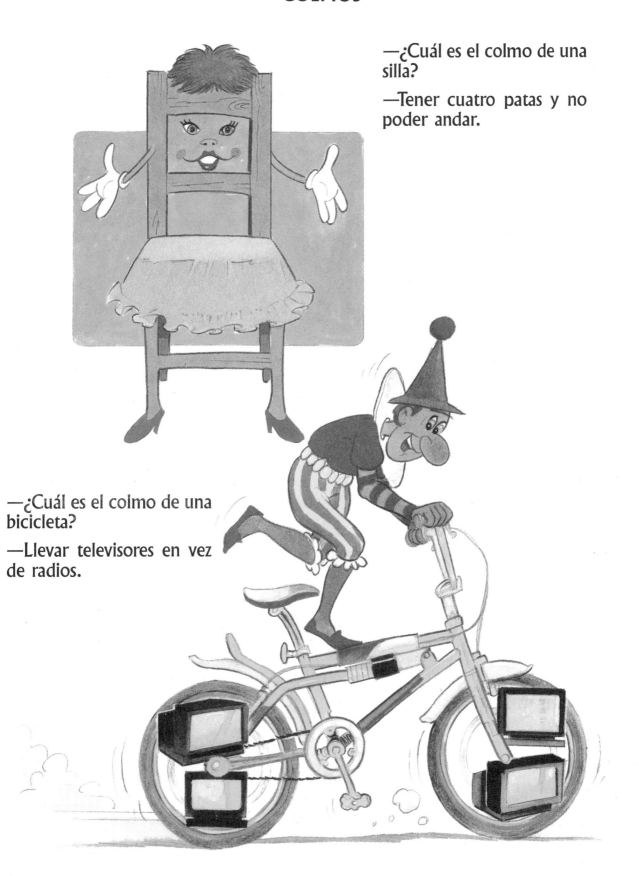

—¿Cuál es el colmo de una silla?

—Tener cuatro patas y no poder andar.

—¿Cuál es el colmo de una bicicleta?

—Llevar televisores en vez de radios.

—¿Cuál es el colmo de un gusano?

—Llevar una vida arrastrada.

—¿Cuál es el col-
mo de un caballo?

—Tener silla y no
poder sentarse.

—¿Cuál es el colmo de un cerdo?

—Que le regalen un jamón.

—¿Cuál es el colmo de un matemático?

—Morirse de un cálculo de riñón.

—¿Cuál es el colmo de un jardinero?

—Llamarse Jacinto, casarse con un mujer que se llame Flora y tener un hijo que esté como una regadera.

116

—¿Cuál es el colmo de un fonta-
nero?

—Ser más pesado que el plomo y
tener un hijo soldado.

BLA BLA BLA...

—¿Cuál es el colmo de un calvo?

—Que en su cumpleaños le regalen un peine.

—¿Cuál es el colmo de un astrónomo?

—Darse un puñetazo para ver las estrellas.

¡PLAF!

—¿Cuál es el colmo de un arquitecto?

—Construir castillos en el aire.

—¿Cuál es el colmo de un árabe?

—Llamarse *Mohamé* y no tener paraguas.

ÍNDICE